PARIS

E. DENTU, ÉDITEUR

LIBRAIRE DE LA SOCIÉTÉ DES GENS DE LETTRES
PALAIS-ROYAL, 17 ET 19, GALERIE-D'ORLÉANS

—

1869

LES FRELONS

OUVRAGES DE L'AUTEUR

EN VENTE A LA MÊME LIBRAIRIE

LES OLYMPIENNES

Prix : 2 fr.

LES NOUVELLES OLYMPIENNES

Prix : 2 fr.

HISTOIRE DU PRINCE GRACIEUX
ET DE LA BERGÈRE MYRTIL

Prix : 1 fr. 50

PARIS. — IMP. SIMON RAÇON ET COMP., RUE D'ERFURTH, 1

MAXIME DELAFONT

LES FRELONS

> Notre industrie fournit abondamment
> à tous les besoins de la vie : nous n'avons
> pour cela qu'à piquer avec nos aiguil-
> lons.
>
> *Les Guêpes*, ARISTOPHANE.

PARIS

E. DENTU, ÉDITEUR

BRAIRE DE LA SOCIÉTÉ DES GENS DE LETTRES

PALAIS-ROYAL, 17 ET 19, GALERIE D'ORLÉANS

1869

PRÉFACE

C'est qu'il n'y a pas, mon cher Narbonne, de littérature séparée de la vie entière des peuples. Leurs livres, ce sont leurs testaments, leurs conversations ou leurs rêves : judicieux, élevés, magnanimes, quand le peuple est grand ; vicieux, frivoles ou insensés, quand il se corrompt et s'abaisse. Ayons donc des lettres françaises dignes du concordat et de la paix de Presbourg, de Marengo et de Tilsitt ; et pour cela, ayons de fortes études et une jeunesse nourrie dans l'admiration du grand et du beau.

Napoléon Ier à M. de Narbonne.

De toutes les formes que peut revêtir la poésie, la satire est certainement la plus éloignée de l'esprit de l'auteur, qui aime à parcourir avec sa muse les routes les plus nobles et les plus élevées du Parnasse, et ne se plaît pas à hanter les régions inférieures de la montagne où le poëte se trouve exposé à s'embarrasser à chaque pas dans les sentiers épineux de la critique.

Mais comme Orphée n'a pas craint de descendre aux enfers pour y chercher Eurydice, de même l'auteur a cru pouvoir descendre au ton de la satire pour défendre la poésie moderne des prétentions injustes de ceux qui pensaient la reléguer dans le royaume des ombres. Il a pensé qu'on pouvait sans déroger faire ce sacrifice à l'esprit de l'époque, pour venger une compagne aussi noble des lâches calomnies de ceux qui se sentent indignes d'aspirer à sa main et d'obtenir ses faveurs. Et s'il y avait quelque lieu plus noir que l'enfer, et dans ce lieu un fouet plus piquant que celui de la satire, l'auteur ne craindrait pas d'y descendre, et d'y brandir, s'il le fallait, d'une main sûre, la verge de Némésis.

C'est pour prémunir ses lecteurs contre les perfides insinuations de ceux qui voudraient faire de la poésie l'épouse de Pluton, que l'auteur a composé la satire ayant pour titre *les Frelons*. C'est une tactique habile que celle qui consiste à publier la mort de ceux dont on cherche à s'approprier l'héritage, mais il faudrait attendre pour cela qu'ils fussent vraiment malades, afin de ne pas s'exposer à la fâcheuse humiliation que la résurrection d'Argan fit subir à Béralde.

C'est en annonçant la mort de la poésie et la dégradation des poëtes que quelques frelons impatients pensaient en finir d'un seul coup avec le miel et les abeilles; ils voulaient s'enrichir des dépouilles de ces nobles insectes qui savent composer avec le suc des fleurs un mets si délicat qu'on pourrait le servir sur la table des dieux,

Et sans même tenter une lutte inégale
Écraser dans sa ruche une habile rivale.

Mais la précipitation que ces insectes turbulents et maladroits ont mise à s'emparer d'un héritage qui ne pouvait leur appartenir à aucun titre, a été cause qu'ils ont oublié de visiter quelques cellules de la ruche à l'ombre desquelles de jeunes abeilles ont pu grandir et se développer en paix.

L'auteur de ce livre est du nombre. Il prétend revendiquer ses droits et son héritage. Il serait difficile de le convaincre que le miel n'existe plus, car il tient de ses maîtres et de ses devanciers le secret de cette composition admirable, et s'il n'est pas fort habile encore dans ce travail délicat, il ne peut manquer de le devenir un jour, en continuant de marcher sur leurs traces.

D'un autre côté, l'auteur ne peut admettre que l'on conteste sa propre existence. Il a senti trop cruellement les peines de la vie pour être tenté d'en nier la réalité. L'homme qui pense sans souffrir peut douter encore; celui qui souffre en pensant ne doute plus. A ce double caractère, l'auteur reconnaît qu'il existe comme homme, et il est également convaincu qu'il existe comme poëte, parce qu'il a reçu de la nature le don de rendre ses sentiments et ses pensées dans le langage harmonieux des vers.

Mais si l'homme et le poëte existent, comment la poésie pourrait-elle ne pas exister?

Ce n'est pas sans indignation que l'auteur a entendu
dire plusieurs fois que la poésie était morte dans la
noble nation française. Il lui a semblé qu'en formulant
cette accusation on donnait à sa patrie un soufflet qui
ne laissait pas que de l'atteindre à la joue. Aussi l'auteur n'a-t-il pas craint de donner à ces accusateurs le
démenti le plus formel, tant en son nom bien obscur
encore, qu'au nom des hommes illustres qui seront un
jour la gloire et en quelque sorte la raison d'être de
ce siècle devant la postérité. Dire à une nation que la
poésie est morte en elle, c'est lui dire : Tu n'as plus
d'âme ! Or, la France a une âme fière, indépendante,
énergique et sublime ; et cette âme existe en dépit de
ceux qui voudraient la nier et qui lui lancent des ou-
trages, comme les enfants Nubiens jettent des pierres
au soleil.

Pendant que la partie la plus active et la plus énergique de cette âme écrivait sur le blason de la France
le nom d'Austerlitz, en lettres de sang, la partie la plus
méditative et la plus inspirée gravait au-dessous des
armes de la nation, en caractères plus ineffaçables encore, l'empreinte du génie du christianisme, et par
l'union de ces deux puissances en une seule âme, la
France donnait en même temps à l'Europe étonnée la
mesure de sa force et de sa grandeur.

L'émotion qui anime l'auteur en écrivant ces lignes

est d'autant plus vive, que c'est au lendemain de la mort de l'un des plus illustres poëtes de ce siècle, M. de Lamartine, que l'auteur se trouve obligé de défendre la poésie et les poëtes contre les attaques de ceux qui devraient s'estimer heureux de les connaître et de les aimer. Nous ne présenterons pas notre œuvre au public sans offrir à cette grande mémoire un juste tribut d'hommage et de regret. Nous ne nous croirons jamais quitte envers ce grand homme, qui a exercé pendant de longues années sur les jeunes générations qui s'élevaient autour de lui la paternité du génie, et qui laisse au milieu de nous dans les brillantes inspirations de sa muse et ses nobles compositions littéraires de si glorieuses marques de son passage.

Ainsi meurent les poëtes, en laissant derrière eux un sillon lumineux qui permet à la postérité de suivre les brillantes évolutions d'un esprit immortel, qui aspire aux régions sereines de la beauté infinie et de la vérité éternelle, et qui marque chacun de ses pas sur la terre par un hymne de foi, d'adoration et d'espérance.

Mais si les poëtes meurent, la poésie ne meurt pas. Elle a son sanctuaire dans les fibres les plus secrètes du cœur, elle assiste aux plus intimes opérations de l'intelligence, et quand la grande nation qui, sans s'en douter, la porte dans ses entrailles, sent au contact d'une grande pensée cette forme divine s'agiter dans ses flancs, elle tressaille comme une mère qui sentirait le fruit de son sein grandir et palpiter en elle!

La vie de l'homme est une transformation continuelle. Or, quand le modèle change, comment l'image pourrait-elle ne pas changer? L'imagination des hommes se modifie comme toutes les facultés de l'âme ou de l'esprit, et l'imagination des peuples est soumise aux mêmes lois de transformation que celle des individus. Qu'est-ce que la littérature d'un peuple, sinon l'image réfléchie de l'âme de ce peuple dans ses manifestations les plus générales et cependant les plus intimes et les plus profondes?

Les esprits les plus éminents de ce siècle ont prévu la transformation qui était à la veille de s'opérer dans la poésie française. Le grand homme dont nous déplorons la perte, M. de Lamartine, l'annonçait en ces termes :

« Dans l'œuvre de la civilisation la poésie a sa place, quoique Platon voulût l'en bannir. C'est elle qui plane sur la société et qui la juge, et qui, montrant à l'homme la vulgarité de son œuvre, l'appelle sans cesse en avant, en lui montrant du doigt des utopies, des républiques imaginaires, des cités de Dieu, et lui souffle au cœur le courage de les atteindre... C'est à populariser des vérités, de l'amour, de la raison, des sentiments exaltés de religion et d'enthousiasme que ces génies populaires doivent consacrer leur puissance à l'avenir. Cette poésie est à créer; l'époque la demande, le peuple en a soif; il est plus poëte par l'âme que nous, car il est plus près de la nature; mais il a besoin d'un interprète entre cette nature et lui : c'est à nous de lui en servir, et de lui expliquer, par ses sentiments rendus en sa langue, ce que Dieu a mis de bonté, de noblesse, de générosité, de patriotisme et de piété enthousiaste dans son cœur. Toutes les époques primitives ont eu leur poésie ou leur spiritualisme chanté : la civilisation avancée serait-elle la seule époque qui fit taire cette voix intime et consolante de l'humanité? Non, sans doute; rien ne meurt dans l'ordre éternel des choses, tout se transforme : la poésie est l'ange gardien de l'humanité à tous ses âges. »

Nous n'ajouterons qu'un mot à ces nobles et touchantes paroles. C'est qu'il importe de se tenir en garde contre une fausse interprétation de la pensée qui doit présider à l'œuvre de transformation de notre poésie. Populariser la littérature ce n'est pas l'avilir, c'est au contraire la produire assez grande, assez majestueuse, assez forte pour qu'en traversant les couches les moins éclairées de la foule, elle ne puisse pas dévier un seul instant, et ne perde rien de sa dignité et de sa grandeur. L'astre qui doit féconder le sol ne peut être placé au-dessous, il faut qu'il fasse rayonner de bien haut sa divine lumière sur les horizons qu'il doit éclairer.

Les traditions et le génie de notre pays ne sauraient permettre le triomphe définitif d'une littérature basse et triviale. Le sublime seul est populaire en France. Il ne faut pas que les auteurs de quelques écrits scandaleux se trompent sur le sentiment que leurs ouvrages inspirent à la foule ; ce sentiment est celui du dégoût qui succède à la stérile satisfaction d'une curiosité malsaine.

Le peuple n'aime réellement que ce qu'il admire, et il n'admire que ce qui est grand. Au lieu d'abaisser notre poésie pour la rendre populaire, il faut au contraire l'élever au niveau de la grande âme d'une nation héroïque. A toutes les époques, la description minutieuse des petites passions humaines a donné naissance à de grands ridicules, tandis que la peinture énergique des grands sentiments et des nobles pensées produisait les héros.

Par l'expression de génie populaire, il ne faut donc pas entendre un génie d'un ordre secondaire, mais au contraire un génie assez grand pour réfléchir sous toutes ses faces la grande âme de l'humanité ; un génie qui puisse survivre par ses manifestations immortelles aux temps et aux circonstances qui l'ont produit ; un génie enfin dont le nom puisse prendre place à côté des noms glorieux de Dante, de Shakespeare, de Milton.

C'est à ces conditions seulement que la transformation prévue peut s'accomplir heureusement. La dignité du style est inséparable de la noblesse de la pensée, et la conservation de cette dignité ne nécessite pas un effort de la part du génie, car tout vrai poëte pensant naturellement avec élévation doit s'exprimer de même avec noblesse.

Puissent nos lecteurs juger que nous ne sommes pas restés trop au-dessous de nos grands devanciers, que nous avons compris les difficultés de la tâche immense que nous avons entreprise, et que nous avons travaillé aussi bien dans *les Frelons* que dans *les Olympiennes* et *les Nouvelles Olympiennes*, à l'heureux accomplissement d'une transformation inévitable!

Mars 1869.

LES FRELONS

Sic vos, non vobis, mellificatis apes.
VIRGILE.

I

Armés d'un aiguillon qui pénètre la chair,
Les robustes frelons sont les tyrans de l'air.
Pourvus d'un instinct sûr et d'un vol très-rapide,
L'homme lui-même craint cet insecte intrépide.
Ils forment des essaims dont les bourdonnements
Épouvantent des fleurs les timides amants,
Chassent les papillons ainsi que les abeilles,
Et de nos frais jardins dévastent les corbeilles.
La faim les fait sortir de leurs guêpiers obscurs
Pour dévorer les fruits, piller les raisins mûrs.
Ils ont le port superbe et la taille élancée;

Leur vol est aussi prompt qu'une flèche lancée
Par la main du chasseur au chevreuil bondisssant.
Leur corsage au soleil paraît éblouissant ;
Quand leur essaim bruyant sous ses rayons s'étale,
On croirait voir voler des insectes d'opale !

Mais ces frelons armés d'aiguillons et de dents,
Si brillants au dehors, sont vides au dedans.
Ils composent un miel dont la pâte grossière
Ne saurait convenir qu'à des brasseurs de bière.
C'est un mélange impur de si mauvais aloi
Que le ferment de l'orge est d'un meilleur emploi.
Pourtant ces beaux frelons plus fiers que les abeilles
Nous voudraient obliger d'admirer les merveilles
Qu'au fond d'un antre creux, dans un arbre pourri,
En un gâteau malsain grossièrement pétri,
Pour le plaisir des yeux, leurs savants architectes
Exécutent parmi les bravos des insectes !
Ils voudraient nous forcer de prendre à ces gâteaux
Le goût que nous sentons pour de plus fins morceaux ;
Et si nous résistons à leur vive insistance,
Nous sommes, à leurs yeux, dignes de la potence.
Ces frelons orgueilleux ravis de leur savoir,
Se croient faits pour nous plaire, et nés pour le pouvoir,
De leurs fiers aiguillons ces modernes Zoïles
Menacent les travaux des poëtes dociles,
Et du ton dédaigneux d'un mépris arrogant
Aux abeilles d'Hymette osent jeter le gant !

II

Ils sont si fort épris de leur prose affadie,
Qu'ils ont, sans hésiter, banni la poésie
Comme une fleur fanée et dont les faux attraits
Devaient céder le pas à leurs romans discrets.
Pour atteindre ce but, ils fondent des tribunes
Où l'on fait bon accueil aux voix les plus communes,
Mais dont le vrai talent, par un secret édit,
Comme un danger public est sagement proscrit.
Là, tous les Scudéris que possède la France
Prodiguent les trésors de leur plate éloquence;
Là, règnent des esprits délicats et charmants
Qui savent tous les jours enfanter des romans
Pleins de sel et d'attrait, dont les héros sublimes
Pour nous mieux enchanter se vantent de leurs crimes,
Brandissent des poignards, distillent des poisons,
Et des plus noirs forfaits font de riches moissons.
Les Mœvius de nos jours que la gloire accompagne,
Préfèrent à Virgile un argousin du bagne,
Et des coursiers d'Énée orneraient l'omnibus
Qui mène à l'Opéra ces faiseurs de rébus.
Les lois, la piété, les vertus, la justice,
Ne sont que du pathos pour ces prôneurs du vice,

Pour ces frelons armés d'aiguillons ténébreux,
Qui changent les forçats en descendants des preux!
Ils ont dévalisé les archives du crime,
Et célébré les gueux d'une voix unanime;
Amusant les badauds sans offenser les rois,
Des critiques sensés ils ont couvert la voix.

La curiosité que l'écrivain allume,
Ainsi que Mithridate, aux poisons s'accoutume;
Le goût public lui cède et bientôt se corrompt.
Le venin sur la foule est d'un effet plus prompt;
L'ignorant contre lui demeure sans défense,
Et le savant parfois n'en comprend pas l'offense.

III

En vain pour s'excuser ces artistes fameux
Prétendent qu'il faut vivre et qu'on fasse comme eux.
Il faut vivre, d'accord. Mais non au prix du crime.
Si l'on n'est pas tenu d'une vertu sublime,
Si l'on n'a pas en soi la force d'un Caton,
Il ne faut pas du moins en proscrire le nom;
Il ne faut pas poursuivre une gloire adultère,
Parce qu'on est Zoïle assassiner Homère;
Parce qu'on fait le laid se ruer sur le beau;
Parce qu'on est fumée éteindre tout flambeau!

Parce qu'on est frelon et jaloux des abeilles,
Il ne faut pas couper les fleurs de nos corbeilles;
Il ne faut pas sucer les calices dorés,
Dont les plus doux parfums au miel sont consacrés.
Il ne faut pas vouloir se poser en arbitre,
Et prendre son bonnet d'âne pour une mitre;
Parce qu'on est argile, insulter à l'airain,
Couvrir les grands esprits d'un mépris souverain,
Planter son aiguillon dans les plus belles choses,
Et, chardon que l'on est, se préférer aux roses!

Les gâteaux les plus lourds ne sont pas les meilleurs.
On ne peut pas juger au poids des belles fleurs;
Ni chasser de la ruche une gentille abeille
Qui ne remplirait pas de miel une corbeille.
D'invisibles parfums du nectar font le prix.
Volez à Rigolboche! et non à Lycoris,
O frelons orgueilleux, inconstants et rapaces,
Monstres! sucez la chair, mais laissez-nous les grâces!

IV

Jadis le goût public, sévère et délicat,
N'aurait pas toléré qu'un auteur abusât
Des philtres enchanteurs que composait Locuste
Pour mettre au rang des dieux les héritiers d'Auguste.

Nourri du grand Corneille et du sobre Boileau,
Il pouvait se mirer dans le cristal de l'eau
Qu'en des flots transparents épanchait l'Hippocrène.
La grande tragédie en ce temps était reine;
Les poisons qu'on servait avaient un goût exquis,
Les plus vils criminels étaient au moins marquis.
Si l'on peut reprocher à cette époque illustre
Trop de pompe et d'éclat, trop de faste et de lustre,
N'allons pas, pour séduire un public hébété,
Allier la bassesse à la trivialité.
N'allons pas des frelons admirer les merveilles.
Les cris faits pour charmer les plus longues oreilles
D'Euterpe ou d'Érato briseraient le tympan.
Laissons le Scudéri suivre son sacripan
Dans les détours obscurs du profond labyrinthe,
Que n'ont point visité les dames de Corinthe,
Et dont nous voudrions, frères, époux, amants,
Qu'on épargne à nos sœurs les burlesques tourments,
Et que de tant d'horreurs qui confondent les âmes
Au nom de la morale on fit grâce à nos femmes!

Mais, hélas! nous voyons pleuvoir dans les journaux
Chroniques par milliers, romans par tombereaux.
Jadis l'affreux Cacus fuyait dans les cavernes,
Les Cacus d'aujourd'hui préfèrent les tavernes,
Et frappant le comptoir d'un bras retentissant
De l'antre du bandit éloignent le passant.
Il faut fuir sans jamais regarder en arrière,

On ne peut attendrir Cacus par la prière;
On ne peut désarmer le robuste frelon
Qui vous plante au visage un funeste aiguillon.

Il vous force d'entrer dans sa grotte profonde,
De souffrir le contact de son haleine immonde;
De repaître vos yeux des restes mutilés
Des crânes qu'en monceaux sa main a rassemblés.
Il voudrait vous gorger du sang de ses victimes,
Vous attirer à lui, vous souiller de ses crimes;
Mais, si vous résistez à cet ordre effrayant,
Bientôt, dans votre crâne, il boira votre sang!

Pour moi, fils de Thésée et descendant d'Hercule,
Je me ris d'affronter ce géant ridicule;
Et si je suis entré dans ce funeste lieu
Pour le voir de plus près, c'est sur les pas d'un Dieu!
Qu'il défende sa grotte, et garde sa tanière.
Je ne crains pas le bras qui frappe par derrière,
Je brandis ma massue en face de Cacus,
De l'hydre, du lion, et de tous les abus!

V

Mais l'âme des frelons par la haine saisie
A surtout en horreur la haute poésie;

Elle hait les grands noms des poëtes vainqueurs,
Gravés en lettres d'or dans les plus nobles cœurs.
Elle voudrait pouvoir en sa fureur jalouse
Déchirer d'Apollon la compagne et l'épouse.
Elle se fâche alors jusqu'à perdre le sens,
Et s'épuise contre elle en efforts impuissants.
Mais en vain de l'Olympe elle ébranle la porte,
En vain elle bourdonne, et trépigne, et s'emporte,
Elle n'entend des dieux que le rire moqueur ;
Et se retire aux champs la rage dans le cœur !

De ténébreux projets s'élèvent dans son sein,
La nuit le voit couver un sinistre dessein.
Ce frelon dédaigné par les dieux qu'il accuse,
Et sans force contre eux, est du moins plein de ruse.
Il forme des projets, il trame des complots,
Pensant bien qu'en ses lacs il prendra quelques sots.
Il court dans les cités. De sa voix la plus forte,
Il crie à tout venant : « La poésie est morte !
« Nous venons d'assister, muets, à son convoi.
« De tant de grands esprits il ne reste que moi.
« Mes vils bourdonnements tiendront lieu des merveilles
« Qu'accomplissait jadis le peuple des abeilles.
« Voyez, je suis plus grand, plus fort, plus insolent,
« J'ai bien plus de faconde et bien plus de talent.
« Mon superbe aiguillon, tordu comme une vrille,
« Est tranchant comme faux, et pointu comme aiguille.
« Malheur à qui voudrait se mesurer à moi !

« Apollon, s'il vivait, me choisirait pour roi.
« Courage! mes amis, et que nul ne s'oppose
« Au règne des tyrans qui gouvernent en prose! »

Ainsi parle le fourbe aux rustres ébahis,
Qui l'acclament, malgré qu'ils ne l'aient pas compris.

Le superbe frelon, fier de son artifice,
Brille sur le Forum, et triomphe au comice.
Il croit en entendant des acclamations,
Que, seul, il peut suffire aux vœux des nations.
La soif des vanités le saisit à la gorge;
Il est fier des saluts qu'il reçoit, se rengorge;
Sourit aux généraux, embrasse les préfets,
Et recueille les fruits de ses nombreux forfaits.
Les dames lui font fête, on l'entoure, on l'admire,
Et malgré que son miel ait l'odeur de la cire,
Ce fou tente, rêvant un plus noble séjour,
En se rapetissant d'être admis à la cour.

Mercure l'y conduit. Il entre, on l'environne.
Il vole droit au front qui porte la couronne,
Aussi prompt que le trait que décoche l'archer;
Et dans ses plis profonds ne pouvant se cacher,
Il tente d'imiter le doux bruit des abeilles,
Et de leur miel si pur d'égaler les merveilles.
Mais Mercure aussitôt comprenant son erreur,
Par son étroit corset veut prendre l'imposteur,

Quand l'insecte surpris, découvrant son derrière,
Dans la lèvre du prince enfonce sa tarière!

Aussitôt généraux, préfets et courtisans
S'empressent. Le grand prince en va perdre le sens ;
Lorsqu'Apollon paraît, et dissipe un délire
Que peuvent seuls charmer les accords de la lyre!

A UN ENFANT

Puisque sur ton berceau la Muse me convie
    A former un souhait,
Puisse le Dieu qui donne aux innocents la vie,
    Comme aux mères le lait,

Accoutumer tes yeux aux clartés éternelles
    Du vrai, du bien, du beau,
Nécessaires à l'homme autant que des mamelles
    A l'enfant au berceau.

Puisses-tu chérir Dieu comme il chérit lui-même
    Les êtres radieux
Qui mettent leur espoir dans la bonté suprême
    Qui féconde les cieux.

Puisses-tu supporter les peines de la vie
    Sans en être accablé ;
Et ne pas t'enivrer des plaisirs que l'orgie
    Offre au vice attablé.

Puisses-tu rester pur, souriant, intrépide !
    Sans haine et sans orgueil ;
Pareil aux astres d'or dont la course rapide
    Émerveille notre œil ;

Pareil à ces flambeaux qui traversent l'espace
    Sans guide et sans soutien,
Et dont notre regard ne peut suivre la trace,
    Ni saisir le lien ;

Mais qui, d'un vol certain défiant les abîmes
    Jaloux de leurs rayons,
Dessinent dans l'éther les figures sublimes
    Des constellations.

Car c'est le plus beau lot de la nature humaine
    De ne tenir qu'à Dieu ;
D'en accepter les lois, d'en adorer la chaîne,
    D'en accomplir le vœu ;

D'en porter le flambeau dans un monde rebelle
    Sans vie et sans chaleur,

Qui ne sentirait pas, hélas! qu'une étincelle,
    Lui reste dans le cœur;

Si le juste au bras fort, si l'admirable athlète
    Que nul coup n'ébranla,
Voyant l'humanité prête à courber la tête,
    Ne disait : Christ est là!

Et, levant le bandeau des sombres destinées
    Qui ceint tout front mortel,
Ne nous montrait la route auguste des années,
    Qui conduit l'homme au ciel!

Janvier 1869.

PETIT BOUTON DE ROSE

Charmant bouton! pourquoi ne pas t'épanouir,
Quand la plus humble fleur de nos champs est éclose?
Crains-tu donc le baiser matinal du zéphyr,
     Petit bouton de rose?

Craindrais-tu que ma main trop tôt vînt te cueillir?
Que sur ton sein humide un papillon se pose?
Que l'abeille à ta fleur vole pour la flétrir,
     Petit bouton de rose?

« Hélas! pour être fleur je soupire, et je n'ose.
Je craindrais que ta main vînt trop tôt me cueillir;
Plutôt que me faner je préfère mourir,
     Petit bouton de rose! »

Ton pur calice en vain redoute le plaisir;
Le soleil à l'amour ne veut pas qu'on s'oppose,
Sous ses ardents baisers il faudra bien t'ouvrir,
  Et de bouton devenir rose !

         Septembre 1868.

LES HOMMES

EN RÉPONSE A LA SATIRE DE BOILEAU INTITULÉE : LES FEMMES

> Dieu est ta loi, tu es la mienne.
> (*Ève à Adam.*)
> MILTON.

Le pire des fléaux à l'époque où nous sommes
C'est, ô sage Boileau, la sottise des hommes.

Succédant à Socrate et précédant Caton,
Dans Athènes jadis, le sublime Platon
Voulut de son État exiler les poëtes ;
Que ne dit-il plutôt d'en expulser les bêtes.
On se plaint quelquefois du joug des beaux-esprits,
Mais quand les esprits plats dominent, c'est bien pis !

C'est pourtant le malheur du grand siècle où nous sommes,
L'air de la Béotie, en soufflant sur les hommes,
Force la Renommée aux mille bouches d'or
D'acclamer le grand roi Nabuchodonosor.

Que dirais-tu, Boileau, si, sortant de la tombe,
Tu voyais qu'on préfère à la simple colombe
La cane ridicule, aux larges pieds palmés,
Qui charme les regards des dindons emplumés.
C'est un bien grand sujet de deuil et de tristesse,
Quand la stupidité se proclame déesse,
Et que le goût public, guidé par quelques sots,
Pour plaire aux ignorants se chausse de sabots;
Quand, pour suivre le cours du torrent de la mode,
On sacrifie au laid l'honnête et le commode;
Quand on reçoit de tous et l'exemple et la loi,
Qu'on aime mieux mourir que de paraître soi,
En ne surpassant pas les sottises des autres...
Boileau, qu'en dirais-tu? Ces tourments sont les nôtres!

Plus d'amoureux Renauds, plus d'insensés Rolands,
O sévère Boileau! nos femmes pour galants,
Oubliant l'Arioste, et Pétrarque, et le Tasse,
Feuilletant au hasard les contes de Boccace,
Aux héros d'autrefois préfèrent les toutous,
Et, fuyant les lions, recherchent les matous.
Leurs cœurs sont adoucis depuis le siècle auguste
Où tu fus de l'hymen le détracteur injuste;

Les femmes en ce temps lisaient peu les journaux,
Et prenaient des leçons dans les romans nouveaux.
D'Armide ou d'Angélique on était l'écolière;
On se sentait alors une âme aventurière,
On aimait les héros hardis et généreux,
Et l'on ne s'enflammait qu'à l'image des preux!
·Ces nobles souvenirs sont déjà de l'histoire
Et bien peu d'entre nous en gardent la mémoire.
Les hommes ont baissé, les femmes ont décru,
Et l'antique idéal au loin a disparu.

Qui faut-il accuser des hommes ou des femmes
De la dépression survenue en nos âmes?
Quel est le sot auteur de l'imbécillité,
Qui nous lègue au mépris de la postérité,
Et nous place aussi bas sur l'échelle morale?
Sois assuré, Boileau, que c'est le sexe mâle.

L'homme formé jadis à l'image de Dieu
En devait accomplir les desseins et le vœu.
La femme de tout temps n'a demandé qu'un maître :
L'homme avait le pouvoir, c'était à lui de l'être.
Sur son visage ouvert comme un livre divin,
La femme devait lire en tremblant son destin,
Adorer sa pensée, admirer sa parole,
Et voir en lui de Dieu l'image et le symbole.
A ce prix seulement l'homme pouvait régner.
Il fallait un effort, il voulut l'épargner.

Au lieu de dominer il rêva de complaire,
Et devint promptement un roi si débonnaire,
Qu'en le voyant ainsi descendre à son niveau,
Sa femme le pensa traiter en soliveau.
Elle devint bientôt son maître de harangue,
A blâmer ses défauts elle exerça sa langue.
L'homme trop désireux de conserver la paix
Accepta le fardeau, mais plia sous le faix.
Prenant alors le sceptre, essayant la couronne,
Sa compagne aussitôt se plaça sur le trône,
Et, se voyant toujours de son culte l'objet,
Exigea de l'époux les devoirs du sujet.
L'homme se crut forcé d'accepter la tutelle,
Et, ne sachant comment s'attacher la rebelle,
Oubliant tout honneur et toute dignité,
Descendit par degrés à la servilité.
La faible femme ainsi sujette d'elle-même
Ne sut pas soutenir l'éclat du diadème,
Et sans cesse érigeant ses caprices en lois,
Réduisit promptement son époux aux abois.
Impuissante à régner, craignant de se soumettre,
Faite pour obéir, et voulant rester maître,
Mécontente de tout et surtout de ses lois,
La femme en ses amants pensa trouver des rois.
Mais de ces rois bientôt les faiblesses uniques,
Les ont fait redescendre au rang de domestiques,
Insipides et vains, à souffrir résignés,
Quittés, cherchés, repris, et bientôt dédaignés.

La plupart des défauts qu'en la femme on remarque
Sont de nos lâchetés l'irrécusable marque.
A la voix de son maître un coursier bien dressé
Sait arrêter le char dans l'arène lancé.
Je ne veux pas sans doute assimiler nos dames
A ces fougueux coursiers qui jettent feux et flammes,
Qu'on doit assujettir au joug tranchant du mors,
Si l'on veut recueillir le fruit de ses efforts.
Je dirai seulement qu'un écuyer habile
Rend le pire cheval attentif et docile,
Corrige ses défauts par des soins répétés,
Et sait tirer parti des moindres qualités.
La femme est un coursier dont souvent le pied glisse,
Et franchit aisément le bord du précipice.
Son esprit, très-semblable au léger papillon,
Se plaît trop à la flamme, et craint peu le charbon.
Quand l'époux, inspirant un respect salutaire,
Des plus hautes vertus le soutien nécessaire,
Ferme, mais bienveillant, tendre avec dignité,
Sait du rang qui lui sied garder l'autorité,
Presque toujours la femme, affectueuse et douce,
Accomplit son devoir sans pénible secousse;
Jalouse de complaire, heureuse de charmer,
Elle n'a d'autre soin que de se faire aimer.
Mais si l'époux, lâchant la bride à sa compagne,
Lui permet à son gré de battre la campagne,
Il n'est pas une pierre, il n'est pas un fossé,
Où le char conjugal ne se heurte, froissé,

Jusqu'au jour où, suivant une pente trop libre,
L'honneur et le repos vont perdre l'équilibre!

Lorsque par leurs sujets les rois sont opprimés,
Les rois seuls, à mon sens, doivent être blâmés.

Car ces tristes fléaux qui désolent notre âge,
Hommes qui m'écoutez, sont votre propre ouvrage.
La femme lit en vous ainsi qu'en un miroir,
Et jusqu'en ses défauts subit votre pouvoir.
Soyez grands, vous aurez des femmes héroïques,
Des anges de vertu, des compagnes stoïques.
Point de sotte faiblesse et de vils compliments.
La femme à ses genoux ne veut que des amants,
D'insipides flatteurs que ses dédains font naître,
Mais, dans l'homme debout, elle honore son maître!

Sous le prétexte faux d'un savoir-vivre honteux,
N'allez donc pas prêter à rire à nos neveux.
N'allez pas, des laquais empruntant les manières,
Assaisonner les mets, et vider les aiguières;
Par vos servilités surpasser les Scapins :
Ce rôle ne convient qu'à de vieux libertins.

Les sots livres écrits par des gens sans scrupules
Ont rendu de tout temps les femmes ridicules.
A ces auteurs fameux par leur vulgarité,
D'un réalisme plat, peintres sans majesté,

Nous devons ces goûts bas et ces mœurs dissolues
Qu'on aurait dû laisser à la fange des rues.
Ainsi les hommes vains et les hommes pervers,
Les cœurs sans dignité, les esprits de travers,
Les pâles cocodès et les crevés sans âmes,
Aidés des Benoîtons, ont asservi nos femmes.
Le grand maître du goût, Nabuchodonosor,
Bientôt, comme Midas, changera tout en or.
Chacun veut voir le temple où la foule se rue,
Les moutons de Panurge, épars dans la cohue,
Célèbrent l'adultère et bêlent dans la cour,
Pendant qu'on applaudit les grands hommes du jour!

Ainsi les cœurs pétris de vulgaire sottise,
Ainsi les plats esprits dominent, quoi qu'on dise.

Demeure dans la tombe, ô sévère Boileau!
Tu ne saurais pas peindre un spectacle aussi beau,
La plume échapperait à ta main indignée,
Et, jetant le pinceau, tu prendrais la cognée!

25 janvier 1869.

LE

TRIOMPHE DE MERCURE

Le sycophante. — Ne suis-je pas cet homme ?
C'est donc à moi que reviennent les affaires de
l'État   (*Plutus*.) Aristophane.

Du Dieu puissant de la fortune
Nous devons tous subir les lois.
Cette maxime est importune,
Mais on l'éprouva tant de fois
Que j'abonde en l'erreur commune.

Fi de la vertu !
Sujet rebattu,
Mais vive l'argent ! Trichons à la ronde,
Adorons le Dieu qu'adore le monde.

L'argent est un métal céleste.
Les gens vertueux sont des sots.

La franchise est un don funeste;
Mères, chassez de nos berceaux
L'honnêteté que je déteste!

Gloire à qui trompe avec adresse!
Gloire à qui sait à nos dépens
De velours vêtir sa maîtresse,
Et voler la myrrhe et l'encens
Dont il parfume son ivresse!

Honorons-le! c'est un grand homme!
C'est un disciple de Mammon.
Et de quelque nom qu'on le nomme,
Devant la grandeur de ce nom
On voit pâlir la Grèce et Rome!

Trop longtemps l'usure modeste
Nous apparut en court jupon;
Il est temps d'allonger sa veste :
Riche corsage et lourd feston
Ne l'empêchent pas d'être leste!

En vain l'imbécile cohue
Des honnêtes gens trop vantés
A voulu briller dans la rue,
Et par des dehors affectés
Surprendre la foule ingénue.

On sait enfin faire justice
Des hauteurs de la pauvreté;
Et l'on rit des Catons sans vice,
Se drapant avec majesté
Dans une dignité factice.

On dédaigne et l'on éclabousse
L'honnête homme, type des sots;
Quand un carrosse, sans secousse,
Nous conduit le soir aux tripots
Où le champagne enfle sa mousse!

Où des beautés sans ridicules,
Sans travers et sans préjugés;
De Messaline les émules
Nous offrent ces plaisirs gagés
Qu'un sage goûte sans scrupules.

Braves gens! vous restez derrière,
Vous causez avec les laquais,
Quand, descendant de sa litière,
Le riche entre dans son palais
Et vous ferme sa porte altière!

C'est ainsi que l'on humilie
Votre candeur, votre bonté,
Et votre stupide manie

De croire que l'honnêteté
Est une marque de génie!

Vils, obscurs, perdus dans la foule,
Nul ne sait si vous existez.
Le zéphyr souffle, l'onde coule,
Vous attendez seuls, révoltés,
Que votre vanité s'écroule!

La foi s'enfuit, le dépit reste,
Compagnon de la pauvreté.
Et de votre idéal céleste,
La voix de l'orgueil irrité
Bientôt emportera le reste.

Allez! adorez la Fortune :
Soyez sages! Il en est temps.
Cessez, suivant l'erreur commune,
De croire malhonnêtes gens
Ceux qui font des trous à la lune!

Ceux qui tiennent de la nature
Un regard prompt, un flair subtil;
Qui font des autres leur pâture,
Et supportent d'un cœur viril
Qu'un renard morde leur ceinture.

Ce sont vos maîtres dans la vie !
Hâtez-vous de les imiter.
Ils ont l’audace du génie
Qui seule permet d’affronter
Une corde de chanvre ourdie.

Ce sont des coquins qu’on admire,
Pleins d’insolence et pleins d’esprit ;
Qu’aucun décret ne peut proscrire,
Et plus d’un bourreau s’attendrit
Dans sa douleur de les occire.

Faites comme eux ! Soyez habiles !
Aspirez au faîte, et montez !
En place des vertus fragiles,
Mettez de sûres voluptés
Et quittez des mœurs inutiles.

Quoi ! le veau d’or, ce dieu sublime,
N’a pas son culte parmi vous ;
Et dans votre ardeur magnanime
Vous n’allez pas à deux genoux
Sacrifier votre victime ?...

L’homme se doit à la fortune.
Le plus grand ne peut s’en passer.
Nul n’est pilote sans Neptune,

Et nul ne peut sans se lasser
Souffrir la misère commune.

Abjurez votre foi rustique !
Venez, cessant d'être obstinés,
A votre tour, sous le Portique,
Sybarites enfarinés,
Montrer votre face authentique.

En vain votre orgueil se révolte,
Vos lourds principes sont froissés ;
Vous semez — un autre récolte ; —
Venez ! — avec des gants glacés
Bien des écuyers font la volte !

Assumez cet air d'importance
Qui sied si bien aux parvenus ;
Prenez des leçons de jactance
De ceux qui couraient les pieds nus
Avant d'avoir fait pénitence.

Quand ces héros de leur espèce,
Ces satellites de Comus
Vous auront prêté leur adresse,
Aux dignités soyez promus
Par les faveurs de la Déesse !

Un habile homme doit prétendre
A l'honneur des plus hauts emplois,
Quand de l'État qu'il sut défendre,
Il a fait respecter les lois,
Par mille coquins, bons à pendre !

Ne craignez rien. L'audace inspire.
Vous n'êtes pas seul apostat.
On vous insulte, on vous admire,
Le sifflet croise le vivat,
Vos amis ne savent que dire.

Mais si marchant d'un pas rapide,
Tenant en main le balancier,
Vous suivez, danseur intrépide,
L'étroit chemin, sans dévier :
Chacun vous proclame Aristide !

Fi de la vertu !
Sujet rebattu.
Mais vive l'argent ! Trichons à la ronde.
Adorons le dieu qu'adore le monde.

LA PUCELLE

Vous demandez pourquoi la France est immortelle,
Pourquoi son héroïsme étonne l'ennemi?
C'est qu'à son salut veille une fière Pucelle,
      Une Jeanne de Domremy!

« A-t-on mis quelquefois son honneur à l'épreuve?
Êtes-vous bien certain de sa rare vertu?
La puissance et l'argent n'ont-ils rien qui l'émeuve?
Ne vîtes-vous jamais son courage abattu? »

Jamais! un jour divin éclaire sa prunelle,
Les flammes de l'honneur brillent dans ses beaux yeux;
Quiconque la connaît voudrait mourir pour elle,
Son sourire nous donne un avant-goût des cieux!

« De quel nom nommez-vous cette vierge sublime
Que Minerve combla de dons si précieux?
Pourrai-je quelque jour mériter son estime?
Aurai-je le bonheur de la voir de mes yeux? »

Ses exploits suffiront à la nommer. Lutèce
N'a jamais enfermé de joyau plus divin;
Elle saurait mourir aussi bien que Lucrèce,
Plutôt que de tomber dans les bras de Tarquin!

Elle seule a vaincu sur les champs de bataille;
Elle seule inspira nos écrivains fameux;
C'est le grain de l'épi dont l'Europe est la paille,
Seule, elle léguera sa gloire à nos neveux!

Elle a la noble audace et la rare vaillance,
Les rois sont impuissants sur sa virginité :
Peuples! reconnaissez la jeunesse de France!
Ton génie invincible, ô sainte liberté!

Et vous saurez pourquoi la France est immortelle,
Pourquoi son héroïsme étonne l'ennemi,
Lorsqu'à son salut veille une fière Pucelle,
    Une Jeanne de Domremy!

Septembre 1868.

MOESTITIA RERUM

Le génie est un dieu tout de gloire et de flamme,
L'harmonie est sa voix, la nature est son âme.
LEBRUN.

I

Laissez venir à vous, du fond de votre France,
Une âme que ne peut courber l'indifférence,
Un esprit animé du feu des anciens jours,
Dont le destin trop tôt a suspendu le cours.
Laissez ma voix atteindre à votre île lointaine
Et ne repoussez pas la sympathie humaine.

Enfant, vous m'avez dit de vous suivre, et je vais
Parmi les hommes bons et les hommes mauvais,

Parmi les jours sereins, parmi les jours néfastes;
Rêvant des cieux plus purs, cherchant des cœurs plus vastes
Ne m'appuyant jamais que sur la vérité
Sans me décourager de mon obscurité.
Je vais, suivant mon guide et tenant ma boussole,
Devinant qu'on me fuit, et sachant qu'on m'isole;
Je suis l'âpre chemin que la muse a tracé.
Je suis peu courtisé, je suis peu caressé,
Mais j'irai jusqu'au bout. Ma plume est bien trempée,
Et pour combattre en face elle vaut une épée.

Voilà pourquoi je viens, moi qui connais le deuil,
Mage, vers votre étoile; ami, vers votre seuil.
J'y vois une lumière ardente qui flamboie,
Et j'accours. Le génie à l'amertume en proie
Répand tant de rayons que notre œil ébloui
Dans le poëte en pleurs voit l'ange épanoui.
Nous savons du destin la lugubre aventure,
Et comment les enfants chéris de la nature,
Par la société, marâtre sans pitié,
Sont traités. Le meilleur étant plus châtié
Que les autres, afin d'établir l'équilibre,
Et de prouver à Dieu que l'homme n'est pas libre.

II

O maître ! nous savons vos douleurs. Nous puisons
Dans votre livre ouvert de sublimes leçons,
Car nous lisons un cœur comme on épèle un livre.
Nous montrant à souffrir, vous nous montrez à vivre.
Nous irons après vous jusqu'au bout du chemin;
Nous ne cesserons pas de presser cette main
Qui fut notre soutien et qui fut notre guide.
Mais puisse notre cœur demeurer intrépide,
Et fier comme le vôtre, au jour des grands revers!
Méprisant la tempête, et riant des hivers;
Puissions-nous un jour atteindre à votre faîte,
Et tenir aussi haut le drapeau du poëte!

Nous savons vos travaux, vos veilles, votre but.
Nous avons un hommage à vous rendre, un tribut
A vous offrir; hélas! l'exil a pris la peine
De payer qui se voue à la famille humaine!
Mais vous pouvez, à ceux qui demeurent ingrats,
A ceux qui de l'esprit redoutent les combats,
Dire : « Je suis celui qui porta dans son âme,
Sans en sentir le poids, les tours de Notre-Dame;
J'ai tenu tout Paris dans mon cerveau, vivant!
J'ai senti maintes fois lorsque j'allais rêvant,

Dans la foule, où grandit mon œuvre colossale
Osciller sous mon front la grande capitale!
J'ai de l'aveugle Homère emprunté le bâton,
Raconté comme Scott, chanté comme Milton.
J'ai fait l'ode; j'ai fait le roman et le drame.
J'ai sur tous les foyers soufflé toute ma flamme.
J'ai sur tous les chemins parcourus par l'esprit
Laissé mon nom écrit en lettres de granit.
Ma pensée invincible a fait le tour du monde.
Le progrès a germé sous ma plume féconde,
Le passé vainement voulut me retenir,
Ma volonté pour pôle ayant pris l'avenir,
J'ai marché! J'ai donné du front dans les murailles!
Et des mains de mon siècle arraché les tenailles
Dont les anciens abus serraient les nouveaux droits!
J'ai raillé sans merci les préjugés étroits,
La routine, et l'amour des règles surannées
Qui des règles du jour ne sont que les aînées.
Et j'ai dit au compas, à la plume, au ciseau,
Soyez libres! Ayez les ailes de l'oiseau.
Que l'imitation soit semblable à l'ouvrage.
Dieu créa l'univers, l'oiseleur fit la cage,
Artistes, ressemblez à Dieu! Que l'art béni
Pour borne et pour mesure accepte l'infini.
Qu'il n'ait pas de confins! qu'il n'ait pas de lisières!
Qu'il sculpte l'idéal de toutes les manières!
Qu'il parcoure le champ de la création
Observant du réel l'étrange fiction,

Sans parti pris d'atteindre un but invraisemblable.
Concis comme l'histoire, et vrai comme la fable,
Qu'il n'oppose jamais une règle à des faits.
Les faits sont accomplis. Les esprits imparfaits
Ne peuvent pas régler l'essor de la nature,
Aux plans du Créateur donner une mesure ;
Il faut les accepter dans leur sublimité,
Et tâcher d'en saisir l'imposante unité !
Puisque Dieu nous a fait une âme à son image,
Que l'artiste la place au cœur de son ouvrage ;
Qu'il ait toujours les yeux fixés sur ce miroir,
Peigne avec vérité ce qu'il peut entrevoir,
Mais n'imagine pas d'assigner des limites
Aux effets, dont Dieu seul a tracé les orbites !

J'ai dit à l'art : Allie au beau l'utilité.
Ne fais pas seulement œuvre de vanité,
Enseigne, anime, instruis, civilise et féconde !
Profond comme le ciel, et grand comme le monde,
Épurant les esprits, adoucissant les mœurs,
Fais entrer dans les lois la tendresse des cœurs !

Puis, ayant dit cela, j'ai su prouver mon dire.
Et j'ai chanté sur tous les modes de la lyre,
Avec Eschyle, avec Sophocle, avec Milton,
Les victimes du sort et du serpent Python.
Tantôt les orphelins, tantôt les misérables ;
Écoutant la nature et ses voix redoutables,

Et de la conscience écrivant les aveux.
Juge, dictant des lois ; homme, formant des vœux
Créant un type afin d'avoir un paradigme,
Et cherchant en tous sens à résoudre l'énigme.
J'ai fait Ruy-Blas, Cromwell, Triboulet, Hernani,
Dieu, la fin de Satan, et je n'ai pas fini ! »

III

Vous avez fait cela, maître, et bien d'autres choses.
Pourquoi le temps, cruel en ses métamorphoses,
Change-t-il en un suc amer le miel si doux ?
Vous vivez loin de nous, vous qui vivez pour nous.
Faut-il, pour accomplir sa tâche surhumaine,
Qu'Orphée aille chanter dans une île lointaine ?

O tristesse ! l'exil ! l'oubli ! le froid au cœur !
L'âme qui sent au loin rayonner sa chaleur.
Comme un foyer privé du rire des convives,
Que le vent seul émeut de ses notes plaintives,
Ne plus rien échauffer, autour de soi, d'humain !
Sentir à chaque instant des cendres dans sa main,
Glisser en éteignant les lueurs de la braise,
Pendant que les frimas pleuvent sur la fournaise !

O douleur ! à quoi bon attendre si longtemps !
A quoi bon effeuiller les roses du printemps,

Grandir dans le devoir et mûrir dans l'épreuve?
A quoi bon ce calice où la vertu s'abreuve?
A quoi bon tant d'efforts, de rêves, de travaux,
De buts toujours fuyants, de coups toujours nouveaux?
Pourquoi tant de combats avec la destinée?
Pourquoi tant de revers dans le cours d'une année?
Pourquoi le juste mis en croix ne peut-il pas
Sans souffrir, dire un mot; sans mourir, faire un pas!...

Est-ce donc un décret du destin qui l'ordonne,
Pour que l'humanité, qui jamais ne pardonne,
A la croix de Jésus comme au fer de Sylla,
Inflige un long martyre au poëte? Est-ce là
Ce qu'enfant tu rêvais dans les bras de ta mère?...

Que d'un matin joyeux sort un couchant austère!
Que la vie est pour l'homme un mirage trompeur!
Que l'enfant, sans motif, a raison d'avoir peur!
Dans le siècle éternel qu'un jour est peu de chose;
Qu'on a bientôt fini d'effeuiller une rose;
Que Dieu fait aisément pleurer ce qui sourit
En revêtant de deuil les splendeurs de l'esprit!
Comme tout ce qui croit, qui crée et qui féconde,
Est proscrit, est épars aux quatre coins du monde!
Comme le Christ vivant par l'homme est flagellé!
Comme les fils du siècle enferment l'appelé,
Comme ils craignent de voir sa divine figure,
Et l'éblouissement de la lumière pure!

IV

Ainsi le veut celui qui tient tout dans sa main,
Et permet les excès du triste genre humain,
Pour donner des leçons sublimes à l'histoire,
Et montrer du progrès la lutte expiatoire.
Ainsi les grands, les purs, les vrais, les radieux,
Ceux que la Grèce aurait comptés parmi ses dieux;
Ceux qui, dans trois mille ans seront debout encore !
Ceux qu'ont touché les doigts de rose de l'aurore;
Ceux qui venus au monde en aspirant le beau,
Ont sur tous les esprits agité leur flambeau,
Échauffé tous les cœurs du souffle de leurs âmes,
Par la puissance, héros; et par la douceur, femmes;
Ceux qui nous ont donné de leur sein maternel
Le lait pur qu'y versa l'idéal éternel;
Ceux qui n'ont rien voulu des choses de la terre,
Que le droit d'apporter le ciment et la pierre,
Pour élever un temple auguste à l'avenir;
Ceux dont le règne au ciel ne doit jamais finir,
Doivent être, froissant la ronce et les orties,
Par leurs contemporains, traînés aux gémonies !

Ainsi doivent marcher dans le temps éternel,
Sans jamais se lasser, les pèlerins du ciel.

Ainsi, pendant trente ans, parmi nous, ton génie
D'un million de cœurs a réglé l'harmonie;
Et plus grand que ces rois que tes vers étonnaient,
Poëte, tu régnas sur ceux qu'ils gouvernaient.
Tu n'as pas fait encore assez pour ta mémoire,
Tu n'as pas expié complétement ta gloire;
Tu n'as pas jusqu'au but porté ton lourd fardeau.
Ton pied n'a pas glissé sur le bord du tombeau,
Ton front n'est pas muré par une dalle obscure;
Tu sens encore en toi palpiter la nature.
Ton esprit crée encor, dans l'idéal baignant.
Tes pieds seuls sont cloués, ton cœur seul est saignant,
Mis à nu par la plaie à ton côté béante,
Mais dans l'art infini ta grande âme est vivante!

Janvier 1808

ODE A LA SAONE

. . . . me gelidum nemus
Nympharum quæ leves cum Satyris chori
Secernunt populo.   HORACE.

Salut ! Saône aux flots bleus, nymphe lente à la course.
Gloire à qui se mira dans l'onde de ta source !
Gloire à qui se plongea dans tes flots vénérés !
Gloire à qui s'endormit sur l'herbe de tes prés !
Nymphe paisible et douce ! Amour de ma jeunesse,
Tu fus mon premier culte, et ma seule maîtresse ;
Tu prêtas ton sein chaste à mes joyeux ébats,
Et vivrai-je cent ans, je ne t'oublierais pas !

Nymphe ! tu m'apparus éblouissante et pure
Comme une enchanteresse au seuil de la nature,
Nul voile ne cachait ta sainte nudité ;
Ta beauté rayonnait comme une vérité ;

La brise sur tes bords jouait avec ivresse,
Ton murmure flottait ainsi qu'une caresse
Invitant nos désirs à voler dans tes bras !

Perfide ! j'ai souvent sur les divins appas
Laissé ma lèvre errer au gré de mon caprice ;
J'ai souvent enlacé ton onde avec délice ;
J'ai souvent promené ma main sur ton sein nu ;
Aucun de tes attraits ne m'était inconnu,
Je sentais tes parfums s'élever dans l'espace...
Hélas ! tous mes baisers n'ont pas laissé de trace !

D'autres viendront chercher le plaisir sur tes bords,
Moi, je veux de ma lyre essayer les accords,
Et chanter mes regrets en strophes immortelles,
Le poëte à l'amour peut emprunter des ailes !

Miroir du ciel, onde divine,
De nos amours te souviens-tu ?
Nu comme la fleur d'aubépine
Je te pressais sur ma poitrine,
Toi, souple comme Mélusine,
Moi, naïf comme la vertu !

J'avais quinze ans. J'étais avide
Des caresses du flot subtil ;
Je fuyais la campagne aride,
Et plongeant dans ton sein humide,

Je m'enivrais de ton fluide
Dès les premiers rayons d'avril.

Amant florissant de jeunesse,
Ma vigueur croissait dans tes bras.
Je n'avais que toi pour maîtresse ;
Il suffisait d'une caresse
Pour me jeter dans une ivresse
Que les dieux ne connaissaient pas !

J'aimais ta grâce vagabonde,
Et les méandres de ton cours.
Couché sur la vague profonde,
Et mollement bercé par l'onde,
J'oubliais sans peine le monde,
Ses froids plaisirs, ses faux amours.

Et je prolongeais mon ivresse
Quand la nuit descendait sur nous ;
Je savourais sous l'ombre épaisse
Ta fraîcheur, nymphe enchanteresse,
Lorsque la lune avec tristesse
Nous lançait des regards jaloux.

J'étais heureux. Tu fus fidèle
Tant que dura ma joue en fleur
Et ma force toujours nouvelle.
Ton onde caressait les bords de ma nacelle,

Humble comme une tourterelle
En face du faucon vainqueur.

Pourquoi tes bras, sainte nature,.
Se sont-ils sitôt refermés?
Tu gardes pourtant ton murmure,
Et ta jeunesse, et ta parure,
Et les roses de ta ceinture,
Ont leurs parfums accoutumés!

Seul, j'ai vieilli. Les ans rapides
Émoussent la fougue des sens.
L'âge a mis sur mon front des rides,
L'âge a séché mes yeux arides,
Et pour charmer les Néréides,
Tous mes efforts sont impuissants!

Hélas! tout demeure et je change.
Je vieillis et tout rajeunit.
L'homme sent dans son être étrange
L'âme lutter avec la fange,
Il voit Jacob dompté par l'ange,
Et la chair céder à l'esprit!

Je sens déjà dans ma nuit triste
Que je suis à demi vaincu.
Je lutte en vain. L'esprit insiste;
La force brutale résiste,

Mais un génie en nous existe,
Qui naît dès que l'homme a vécu.

Aux liens de la chair que l'onde purifie,
Lorsqu'il me faudra dire adieu,
O nymphe ! de mon cœur chasse si bien la lie,
Qu'il paraisse pur devant Dieu !

Mai 1868.

LES GRENOUILLES

Habitants de ce marais, nous honorons
Mercure, dieu de cette race.
ARISTOPHANE.

Grenouilles, coassez dans vos marais paisibles,
Honte à qui s'effrayerait du bruit de vos gosiers!
Sautez légèrement parmi les joncs flexibles!
Ployez dans vos ébats les tiges des osiers!

On a besoin de vous dans le monde où nous sommes.
Si de l'éclat du jour vos beaux yeux sont blessés,
Pendant que nous chantons les travaux des grands hommes
       Grenouilles, coassez!

On a besoin de vous. Vous êtes nécessaires.
De nos libres accents bien des gens sont froissés;

Pendant que nous rimons nos odes téméraires,
    Grenouilles, coassez !

Le printemps naît aux champs ; la forêt verte montre
Ses gais rameaux du poids de leurs fleurs affaissés :
Pendant qu'Amaryllis vient à notre rencontre
    Grenouilles, coassez !

Coassez ! c'est la paix. Coassez ! c'est la guerre.
Mille vallons de sang ne sont pas engraissés.
Pour que la France obtienne une langue de terre,
    Grenouilles, coassez !

Coassez, mandarins à la tunique verte !
Si l'on entend vos vœux ils seront exaucés.
Pour mériter la proie à vos désirs offerte,
    Grenouilles, coassez !

Coassez ! nul n'ira dans vos marais paisibles
Troubler l'hymne joyeux qui sort de vos gosiers.
Sautez légèrement parmi les joncs flexibles !
Ployez dans vos ébats les tiges des osiers !

          Mai 1867

LES HIBOUX

Un soir d'affreux hiboux nourris dans la crevasse
D'un antre enseveli sous les flancs du Parnasse,
Apprenant qu'Apollon devait sortir de nuit,
Sur le chemin du dieu s'embusquèrent sans bruit
Dans le traître dessein d'épier son passage,
De se jeter sur lui, de frapper au visage ;
Des griffes et du bec jouant à qui mieux mieux,
Ils pensaient réussir à lui crever les yeux.

Accomplir ce projet semblait chose facile.
Un bois mystérieux offrait un sûr asile,
A ces traîtres jaloux de la beauté du jour.
Le divin Apollon attiré par l'amour,
Fidèle au rendez-vous d'une beauté rebelle

Se flattait dans son cœur d'attendrir la cruelle,
Quand les monstres poussant de lamentables cris
Assaillent à la fois le jeune dieu surpris,
Imitant sur son front le bruit de la tempête.
Mais à peine Apollon eut-il levé la tête
Qu'un seul regard sorti de ses yeux constellés
Fit rouler à ses pieds les hiboux aveuglés !

Janvier 1869.

LE MAGOT

Un jour certain magot curieux comme un singe,
Vit son maître essuyer son rasoir sur un linge ;
Et grattant avec art l'épiderme velu,
Faire un visage blanc d'un visage poilu.
Aux yeux de ce magot cela passait merveille,
De voir un singe blanc de l'une à l'autre oreille.
Il choisit le moment, s'empare du miroir,
Sur sa face polie est ravi de se voir,
Puis saisit le rasoir, s'admire, se rengorge,
Et, croyant se raser, il se coupe la gorge.

 LES FRELONS.

Combien de nos auteurs au magot sont pareils!
Qui riraient d'écouter les plus sages conseils,
Et prétendent atteindre aux splendeurs de la gloire,
En aspergeant un livre avec une écritoire!

Janvier 1868.

A UNE JEUNE INSULAIRE

Quand, frappant l'air plus doux des plumes de son aile,
Vers nos sombres climats reviendra l'hirondelle,
Quand le soleil sur nous dardant des flèches d'or
De nos monts verdoyants aura chassé les brumes,
Qu'aux petits des oiseaux il poussera des plumes
Belle qui me charmez, m'aimerez-vous encor?

Si vous ne m'aimez plus, si tu m'es infidèle,
J'irai vers les climats d'où revient l'hirondelle
Au pays d'Orient où le soleil est né;
J'irai chercher des cœurs qui puissent me comprendre,
Des houris, des péris dont l'amour sait attendre,
Fleurit comme un lis pur, et n'est jamais fané.

Aux femmes d'Occident dont la couche est glacée
Je ne donnerai plus jamais une pensée ;
On ne m'entendra plus en prononcer le nom ;
Daphné pour Apollon peut se changer en arbre,
Mais Apollon ne doit à des filles de marbre
Ni désir, ni regret, ni grâce, ni pardon.

Et ce sera fini pour notre vie entière,
Vous vous enivrerez de pale ale et de bière,
Vous prendrez un mari sans âme comme vous ;
Vous coulerez des jours tissés d'or et de soie,
Et quand l'hiver viendra, pour que nul ne vous voie,
Vous irez dans vos bois faire la chasse aux loups.

Moi, sur les bords du Nil, du Gange ou de l'Euphrate,
Oubliant à jamais une patrie ingrate,
Fuyant le souvenir des jours évanouis ;
Calme, je dormirai sur la souple ottomane
Auprès d'une houri, fée, esclave ou sultane,
Qui jettera sur moi des regards éblouis.

Janvier 1869.

A ALFRED M***

LE NOUVEL AN

Les ans sont les anneaux de la chaîne éternelle ;
Les ans sont les écueils du céleste Océan;
La vie est un désert qu'on franchit d'un coup d'aile,
Et dont chaque horizon se compte par un an.

Dieu seul connaît les lois de nos destins sans nombre,
Il nous appelle à lui par des chemins divers ;
Le jour le plus brillant suit la nuit la plus sombre,
Mais tout est éclairé dans ce vaste univers.

Qu'à travers tant de maux l'infini nous enflamme.
Volons à des combats où le triomphe est sûr.

Pour vaincre les destins affermissons notre âme,
Et d'un ferme regard attendons un jour pur.

Soyons bons ! Il viendra. La lumière éternelle
Nous réserve des jours qui n'auront pas de fin;
Le sort, soumis à Dieu, ne peut être rebelle,
Et la mort est pour l'homme un messager divin.

Suivons sans hésiter les lois de la justice.
Ne rêvons que le beau, ne faisons que le bien.
Laissons la main de Dieu nous écarter du vice,
Et de ce joug sublime acceptons le lien.

Travaillons et souffrons ! mais adorons sans cesse.
Quel que soit le moment et quel que soit le lieu,
Quand le plaisir sourit, quand la douleur oppresse,
Nous montons les degrés de l'échelle de Dieu.

Car le temps est un nombre, et l'espace est un mode,
Tout vit pour la lumière et pour l'éternité ;
Satan lèche en tremblant, sur la tête d'Hérode,
Les pieds éblouissants de la Divinité !

Janvier 1869.

AUX JUSTES

Ames qui gravitez dans l'éther qui palpite
Inclinez vers le bien le plan de votre orbite ;
Tendez à Dieu ! C'est lui qui meut tout l'univers.
Fuyez les chemins creux hantés par les pervers,
La grotte du satyre et l'antre du cyclope,
Que le mal de réseaux ténébreux enveloppe.
Respirez un air pur au delà des cités,
Et nourrissez vos cœurs d'éternelles clartés.
Soyez justes, aimants, souriants, intrépides !
Gardez-vous des fronts bas et des âmes livides ;
Gardez-vous de tous ceux qui raillent la vertu ;
Des couleurs dont le vice est toujours revêtu ;
De tous les faux brillants dont le monde est prodigue.
Fuyez les hommes d'or et les hommes d'intrigue,

Et les petits esprits qui trament des complots
Destinés de tout temps à récréer les sots.
Aimez avec grandeur! Pensez avec audace!
Le Dieu qui fit le temps, le Dieu qui fit l'espace,
En vous traçant la voie éclaire le chemin.
Vous êtes les enfants qu'il conduit par la main,
O justes! et guidés par son bras tutélaire,
Vous atteindrez un jour le seuil du sanctuaire.
Vous verrez les méchants implorer vos pardons,
Les pervers pour vous voir s'enfuir à reculons.
De ce centre adorable où tout vit par la grâce,
Nul souffle impur ne peut effleurer la surface.
Les cœurs purifiés par l'immortelle croix,
Des pervers repentants n'entendent pas la voix;
Ils ne sont pas troublés dans leurs visions splendides
Par des cris échappés à des gosiers arides.
Dieu seul voit les méchants errer dans leurs cachots,
Contemple leurs tourments, et compte leurs sanglots.
Lui seul en a pitié, quand sa grâce infinie
D'eux-mêmes les sauvant, les rappelle à la vie.
O justes! la bonté qui rayonne de Dieu,
Permet que tout arrive à son heure, en son lieu:
Mesure ses bienfaits à nos obéissances,
Entre tous les élus conserve les distances.
Bien d'autres après vous suivront votre chemin,
Le voile qui sépare aujourd'hui de demain
Nous cache les destins que le ciel nous envoie
Et ne permet jamais que notre œil entrevoie

Les changements que Dieu prépare dans les cœurs.
O justes! soyez forts et vous serez vainqueurs!
Aspirez vers le bien avec tant d'énergie
Que vous sortiez grandis des luttes de la vie ;
Que vous soyez jugés plus grands que votre sort;
Et que plus rien en vous ne redoutant la mort,
Dieu vous transfigurant pour la sphère nouvelle,
Vous convie au bonheur de la vie éternelle !

TABLE

PARIS. — IMP. SIMON RAÇON ET COMP., RUE D'ERFURTH, 1.

www.ingramcontent.com/pod-product-compliance
Ingram Content Group UK Ltd.
Pitfield, Milton Keynes, MK11 3LW, UK
UKHW021200220726
13924UKWH00003B/1239